12

황의성 시집

시음사
시사랑음악사랑

시집을 내면서

내게 있어 시를 쓴다는 것은 금단의 영역에 돌을 던지는 일인
지도 모른다.

시인이란 이름을 부여하고 시를 쓰며 살고 싶은 꿈은 원초적
소망이었지만, 내가 사랑하는 사람들에게 그건 너무 이기적
인 배반의 꿈이었다.

악착같이 돈을 벌고 권력을 쥐고 명예를 쟁취하며 살아가는
것이 당위이긴 했지만, 내 꿈에게 그것 또한 가혹한 외면이자
학대였다.

딜레마였다.

그 갈등과 반목의 딜레마 속에서 나는 점점 멀어져 갔다.

부모형제로부터, 가족들로부터, 심지어는 나 자신으로부터도.

멀어진다는 것은 상실이었다.

그럴수록 현실은 모순이었다.

어찌할 수 없는 나는 분노처럼 절망할 수밖에 없었다.

세상을 등지고 걷기 시작했다.

강을 지나고 항구를 지나고 바다를 지났지만 길은 끝이 없었
다.

잘 못 들어선 길이었다.

나는 이방의 땅에서 시인이 되어 있었고 시를 쓰고 있었다.

회복되어야 했다.

시를 버리고 시인을 버리고 사람이 되어야 했다.

결국엔 결심을 했다.

가까이서 멀어진 것들로부터 멀리서 멀어진 것들을 향해
한 걸음씩 되돌아가기로 했다.
아! 그러나 삶의 아이러니여!
나는 또 꿈을 꾸고 있었다.

내 시집이 펑펑 팔리고
세상이 내 시에 열광을 하고
화려한 시인의 궁전을 짓는 꿈을

나는 또 기도를 하고 있었다

내 시가 외로운 사람들의 친구가 되기를
내 시가 아픈 사람들의 용서가 되기를
내 시가 가난한 사람들의 위로가 되기를

허락도 없이 꾼 꿈과 기도에 용서를 구하며
죄송한 부모님
사랑하는 가족
고마운 분들
그리고 세상의 땀내 나는 모든 분들께 이 책을 바친다.

시인 황의성

목차

제 3 부

목차

제 6 부

제1부

■ 詩作노트

허구였다
시를 팔아 밥을 먹고
시를 팔아 집을 짓고
시를 팔아 이름을 얻고 싶었던
꿈속의 세상은
허구였다
땀을 팔아 돈을 사고
돈을 팔아 권력을 사고
권력을 팔아 명예를 사고 싶었던
현실의 세상도
세찬 바람이 불었다
풀잎이 눕고
가지가 부러지고
산이 흔들렸다

나는 납작 엎드렸다
바람이 멎자 세상은 멀쩡했다
또다시 바람이 불었다
정면으로 바람을 바라보았다
나는 쓰러졌다
피가 흘렀다
눈에서도
코에서도
입에서도
배꼽에서도
가물가물한
의식 너머로 보이는 세상엔
시도 시인도 보이지 않았다
실존하지 않는
샤갈의 눈 내리는 마을처럼

샤갈의 눈 내리는 마을

꽃이 피고
비가 내리고
바람이 불고
눈이 오고

어쩌자고 이리도 혼란합니까
내 의지할 곳 달랑
세상 하나뿐인데

돌고
돌고
돌고
돌고

어쩌자고 이리도 어지럽습니까
내 살아갈 곳 달랑
지구 하나뿐인데

세상을 핑계로
술을 마셔 보지만
나는 아직 마시는 법을 몰라
날마다 술에 취합니다

외로움을 핑계로
사랑을 꿈꾸어 보지만
나는 아직 사랑하는 법을 몰라
날마다 사랑에 취합니다

생명을 핑계로
인생을 이야기해 보지만
나는 아직 살아가는 법을 몰라
날마다 삶에 취합니다

샤갈의 눈 내리는 마을처럼
실존하지 않는 세상은
한 폭의 그림으로 펄럭이고
나와 내 생명의 꿈은
바람도 구름도 되어 허공을 떠돕니다

백사장

시리도록 푸른 허공이고파
동트는 새벽마다
바다를 헹구어
옥양목 같은
소망으로 널고 하늘을 보나니

꽃 한 송이
풀 한 포기
자랄 수 없는 불모의 땅이여

바위이길 포기했을 땐
뻘이어야 했었다

꿈은 시들어
침묵을 강요 당하고
희망은 요원한 동면 중인데

간직해야 할 말
무엇이었던가

바람이 불어와
속삭임을 주고 가지만
파도가 밀려와
지우고
또 지운다

시인의 삶

지천이 돈이면 싶습니다
생기를 잃어가던 삶이 활력을 찾고
그러잖아도 아름다운 당신은
더욱더 아름다울 것 같습니다

석간수처럼
천정에서도 돈이 솟고
마당에서도 돈이 솟고
사과나무에서도 돈이 열리면
사랑은 이리 뒹굴고 저리 뒹굴며
행복에 겨워 울 것 같습니다

어딘들 가지 못하겠습니까
꿈꾸는 자의 소망이
절망으로 하늘을 허물고
한숨으로 세상을 흔들며
당신께 따스한 미소를 드립니다

이제는 이것이
내 삶의 방정식입니다

이제는 이것이
내 사랑법입니다

무지개를 두고 건 하나님의 언약처럼
만물이 왕래하고
만법이 귀의하는 곳을 향해
따스한 미소를 보내며 살아가는 것

눈물겹지만
이 길만이
내게 허용된
내가 가야 할 길입니다

세상 사람들은 살다 죽으면
다소간의 유산을 남기지만

나는
오늘도
당신을 사랑한다는
유언을 가슴에 품고
주어진 생의 날들 중
가난한 하루를 또 죽습니다

우리

입술을 깨물며 다짐하자 우리
어디서 왔다
어디로 가는지는 묻지 않기로

슬프게도
이별의 길이더라
산다는 것은

눈물 한 방울 머금고 살자 우리
네가 좋아 보고 싶고
너 밖엔 갈 곳 없다는 사랑 만나면
마른 가슴 적셔줄 눈물 한 방울

아프게도
이룰 수 없는 꿈이더라
사랑한다는 것은

바다 하나 만들고 살자 우리
돌아보면 그리움만 자욱하고
바라보면 외로움만 처연한
삶의 길에서

밤이면 밤으로
낮이면 낮으로
노 저어 떠날
바다 하나
사랑 하나

봉선화

달빛 부서져 내리던 여름밤마다
어렸던 내 누이와 또 누이들
봉선화 붉은 꽃잎 손톱에 얹고
파랑새 되어
첫눈 내리는 겨울로 날아 갔었다

첫사랑이 이루어지던 전설의 강에는
백마 탄 왕자가 배를 띄우고
메밀밭 총총 별이 쏟아졌는데

오늘 밤 내 누이 무엇을 할까
별 하나 뜨지 않고
강물도 흐르지 않는
도시의 한복판에서

몰라
나처럼 술을 마실지

몰라
나처럼 환청을 들을지

아냐, 엄마
할머니는 예전에 파랑새였대

아냐, 엄마
달나라엔 계수나무두 있구
옥토끼 두 마리가 떡방아를 찧는대

아냐, 엄마
말 잘 듣고 안 울고 착하게 크면
백설공주님이 시집 온댔어

산촌여정

건망증 같은 잠을 깬 할아범
헛기침 앞세워
마굿간에 잠든 소
옆구리 찔러 보고
뒤적거려 사그라진 모깃불 살린다

더듬더듬 툇마루 끝
무덤 되어 앉으면
은박의 하늘 무너질 듯 무겁고
사방산천 여생만큼이나 어둡다

모로 누운 할멈은
죽은 건지 산 건지

편경소리에 놀라
사립문을 기울이지만
산촌의 밤은 객리 나간
자식들 소식처럼 적요하다

꽃을 위한 무덤인가
무덤을 위한 꽃이런가

바람이 불 때마다
이름 모를 들꽃 향기 군무를 하고
잔귀 먹어
들어 줄 사람 없는 달빛의 노래
도란 도란 황톳물로 흐르고

탁류의 은하수 위로
별 하나
또 하나
떨어져 내린다

목련꽃 나무 그늘 아래서

우린 이미 사랑한 것이다
포란의 닭처럼
서로의 가슴에 서로를 품던 날부터

가진 것 목숨까지 주고 싶어
무욕의 삶을 갈망하던 그날에
우린 이미 사랑한 것이다

이루지 못한 사랑
속으로 속으로
엉겅퀴 같은 뿌리를 내리고

좌표를 잃어버린 발길
목련꽃 나무 그늘 아래 서면
서럽던 봄날 같은 눈물비가 내린다

어디서더냐 사랑아
어디로더냐 사랑아

낮달처럼 허망한 목울음을 놓으면
이브여
나의 이브여

반란의 청춘인 양 꽃으로 피고
너의 향기는 그리움이다

적막의 밤인 양 순결로 피고
너의 모습은 외로움이다

만추

그저 바람이었으랴

풀잎이 눕고
꽃잎이 떨어졌거늘
가을이 온다는 소리였었다

꿈꾸며 산다는 것이
환상임을 깨닫는 순간
겨울의 전갈은 오는 것이다

그저 사랑이었으랴

살다가
살다가
가슴에 묻는 한마디가 침묵이거늘

하루에 한 번씩 날은 저물어
아픔도 미움도
그리움을 흔들고

청춘은 가고
인생은 낡아
신음처럼 낙엽만 흩뿌리는데

아버지

그랬다
그래
그랬다

아버지
내 아버지는
국화꽃 향기 그윽한
겨울버스를 타고 떠났다

그리고 침묵하는 시간들
나스카 지상화처럼
해독 불가의 전설이 되어
밤으로만 살아난다

용서하소서
용서하소서

끝닿은 길목에서
구공을 향한 나의 속죄는
촛불처럼 흔들리고

아버지의 둥지엔
수몰민의 고향처럼
수상한 안개만 피어오른다

어머니

어머니는 언제나 산을 이고 오신다

당신의 몸집이 작아질수록
커져만 가는 산
당신의 허기가 깊어질수록
무거워만 지는 산

사선을 넘어온 가사자의 환생처럼
지축을 흔드는 한숨으로
휴우!
어머니 그 산 5일장터에 쏟으면

나는 농부가 되고 싶었다
고사리 더덕 두릅 도라지를 심는

들꽃 피는 5월에
서울로 가라
서울로 가라
손사래 치시던 어머니
눈물의 강둑에서 억새풀로 자라고

심전을 일구려 호미를 잡은 내 손끝엔
자갈 같은 아픔
한 줄기 묻어나고
홍수 같은 슬픔
한 강물 흐르고

오늘도 어머니는 산을 이고 오신다

5월의 맹세

5월엔
나도
5월이 되겠습니다

꽃내음
풀내음
가득한 들길을 걸으며

맹세하노니
5월엔
나도
5월이 되겠습니다

세상에서 가장
당신을 사랑한
5월이 되겠습니다

바람의 인연이라
행방은 알 수 없지만
우리의 사랑은 오늘도 못 잊음

5월엔
나도
5월이 되겠습니다

맹세하노니
세상에서 가장
당신을 그리워한
5월이 되겠습니다

시절 인연이라
가고 없지만
우리의 사랑은
오늘도 그 자리

5월엔
나도
5월이 되겠습니다

맹세하노니
세상에서 가장
당신을 아파한
5월이 되겠습니다

누가 부는 바람을 막을 수 있으리오

누가 부는 바람을 막을 수 있으리오
누가 잠든 바람을 깨울 수 있으리오

나 그대 잠든 밤
바람 되어 가드래도 잡지 마세요
나 그대 가슴 속에
바람 되어 잠들어도 깨우지 마세요

바람이 풀잎을 흔들지 않았습니다
풀잎도 바람을 흔들지 않았습니다

물결이 바람을 흔들지 않았듯
바람도 호수를 흔들지 않았습니다

묻지 않고는 갈 수 없는 곳
쉬지 않고는 갈 수 없는 곳이
바람의 집이라
나는 쫓겨난 아이처럼
내 마음의 굴뚝을 기대고 앉습니다

선잠 든 나를 바람이 깨웁니다
고향은 또다시
버들피리를 불고 옵니다
낙동강 도개장터에서 청화산까지
너울 너울 바람을 타고 옵니다

누가 부는 바람을 막을 수 있으리오
누가 잠든 바람을 깨울 수 있으리오

달맞이꽃

언제부터 였더냐
한밤에 피었다
아침에 지기를

흔들어 잠을 깨우면
너도 한때는
사랑에 빠진 청춘이었거늘
달빛에 젖어 젖어 울고 있구나

나 살다 죽으면
외로운 섬 되어

날아가는 것들과
떠나가는 것들

바람과 물새를 시샘하며
천 년을 가슴즈려 울려 했거늘

이제는 나도 죽어 꽃이 되련다
밤마다 별을 헤는 달맞이꽃

향수

길을 잃은 탓이겠느냐
고향으로 가는 길은 언제나
유목민 일가의 꿈처럼
푸른 강이 흐르는 드넓은 초원이고
기왓장 가루로 닦아내던
어머니의 놋그릇처럼
이끼가 끼지 않는 황톳길인데

허물어진 돌담 사이에서도
순이 옥이 자야가
실개천 가재처럼 스물 기어 나오고
보잘것없는 추억들
유성처럼 긴 꼬리를 끌며 창공을 가르는데
그것이 어찌 잠들 수 있는 치근거림이더냐

황혼이 깊다 한들 떠도는 슬픔이랴
고향은 밤마다 들불처럼 타오르고
어머니 소망 즈려
이대로는 못 갈 길인데

기다리기엔 아픔이더라
내 여한 없이 고향으로 돌아가고
돌부리 핑계로 오솔길에 엎어져
진종일 목놓아 울고 싶음은

한 줌 뿐인 사랑일지라도

세상을 향한 한 줌 사랑이 남아 있는 한
당신은 절망하지 않아도 부끄럽지 않습니다

바람은 무심으로 세상을 스치고
남겨져 고해를 건너는
인생이 사랑 한 모금에 목마른 탓입니다

세상을 향한
한 줌 사랑이 남아 있는 한
당신은 배부른 부자여도 부끄럽지 않습니다

인생사 절반 넘게
배고픔 하나 달래려는 몸부림이긴 해도
그보다 더 간절함은
가슴을 적시는 한줄기 사랑입니다

사랑 한 줌 놓고 가십시요
사랑 한 줌 버리고 가십시요

그 사랑 촛불 되어
허공을 태워도 괜찮습니다

그 사랑 들불 되어
세상을 태워도 괜찮습니다

세월은 티끌 되어
허공으로 흩어지고
인생은 티끌 되어
세월 속으로 사라지지만

사랑은 불씨 되어
가슴에서 가슴으로
강으로 흐릅니다

사랑 한 줌 놓고 가십시요
사랑 한 줌 버리고 가십시오

으아리꽃

축제의 밤
너
쏟아지는 별빛으로 왔다가
북망산천에 내릴
마른 눈으로 떠난다

아니지
꽃이라 해도

아니지
별이라 해도

너를 부르면
외로운 학 한 마리 날고
너를 부르면
영혼의 노래 강물로 흐르는데

차창을 스치듯
짧은 만남
짧은 이별

너는 떠나고
나는 남아야 한다

이별이란 긴 긴
그리움의 전주곡

내 마음의 마석에
너를 새긴다

으아리
꽃으로 살다
나비로 날다

마로니에 공원의 밤

사랑 때문이더냐 소녀야
고개를 떨군 채 울고 있구나
이별 때문이더냐 소녀야
어깨를 덜썩이며 울고 있구나

울 테면 울어라
맘껏 울어라
눈물도 고이면 돌이 되나니
죄가 아니겠느냐
사랑과 이별의 길목에 덫을 놓음은

허무함이더냐 청춘아
한숨을 짓고 있음이
목마름이더냐 청춘아
술잔을 들여다봄이

마실 테면 마셔라
맘껏 마셔라
세상을 다 담아도 못 채울 가슴을
한 잔 술로 채우려는 몸부림이여
어리석음이 아니겠느냐
취한 술은 반 잔도 넘치나니
빈 병을 탓함은

밤은 저물어 새벽으로 가는데
어찌하려느냐
아침의 허무를

벗어 버려라
미련의 옷도
운명의 옷마저도

가자꾸나
태초의 사과나무 아래로
먹어 보자꾸나
다시 한 번
빠알간 사과를

제 2 부

■ 詩作노트

보고파
그리움이 되었습니다
그리워
외로움이 되었습니다
외로워
기다림이 되었습니다   산에서는
그래도   산을
아직은   볼 수 없고
괜찮습니다   길에서는
그리움이   길을 볼 수 없다는 것을
그대를 존재하게 하고 우둔한
외로움이   내가 알았는데
나를 존재하게   바다로 간
하기 때문입니다   그대라고
                    돌아오지 않겠습니까
                    너무 멀리 간 탓이겠지요

청산

아이야 가자꾸나
청산 가자꾸나

꽃길 따라가면
청산이란다

아이야 가자꾸나
청산 가자꾸나

들길 따라가면
청산이란다

돌아앉은 산기슭을 기대고 앉아
푸르고 먼 하늘 바라다보며

울어도 좋지
웃어도 좋지

바람이사 허공을
흔들든 말든
구름이사 둥둥
떠가든 말든

무자 해녀를 위한 비망록

국화 한 송이 눈물로 적십니다
은자의 꽃 국화
숨어서 살다간 인생이기에
향기마저 감추어
마음으로만 님의 향기를 맡습니다

국화 한 송이 강물에 띄웁니다
영별의 꽃 국화
강물 바다로 흘러
다시 돌아오는 것을 보지 못했는데
내 님 둥실 둥실 바다로 떠갑니다

국화 한 송이 산비탈에 묻습니다
고독의 꽃 국화
다시 한 번 피소서
꽃으로 그 꽃으로
향기로 그 향기로

그러나 내 님
환향녀의 슬픔 같은
갯내음으로 피고

진실로 사랑하며 살다 간 인생입니다
진실로 사랑하고 죽어 간 인생입니다

내가 쓴 님의 비문은
천 번을 읽어도
만 번을 읽어도
휘고 긁힌 음반처럼
변성만 냅니다

그리운 내 님이라고
못 잊을 내 님이라고
못 다 사랑한 내 님이라고

살고 싶다는 말은

바람처럼 한세상 살고 싶다는 말은
내 깊은 가슴속에 위리안치된
소망의 잠을
흔들어 깨우고 싶다는 고백이었다

바람이라 했지
너의 이름이

바다를 건너
세상을 건너
고산준령을 넘는 너

네가 건너간 바다
은빛으로 출렁이고

네가 건너간 세상
꽃나비 피날고

네가 넘어간 산
잠 깨어 포효한다

물처럼 한세상 살고 싶다는 말은
거친 세상 유유히
너에게로 가고 싶다는 고백이었다

바다라 했지
너의 이름이

근심을 불러
잠들게 하는 곳

파도라 했지
너의 이름이

침묵을 깨워
노래하게 하는 너

생의 한가운데서

서둘러 오셨군요 인생길
들판을 아우르는 시냇물처럼
굽이굽이 흘러 흘러
왔어야 했던 것을

달려 오셨군요 인생길
함께 하는 것이 인생이거늘
홀로 앉아 계십니다 외로이

외로워 마십시오
당신 탓인 것을
인생은 외로운 손 잡아주는
아주 작은 몸짓입니다

서러워 마십시오
당신 탓인 것을
인생은 서러운 가슴 안아주는
아주 작은 몸짓입니다

미워하지 마십시오
당신 탓인 것을
인생은 미운 사람 마주 보아주는
아주 작은 몸짓입니다

사랑하고 후회하면
그건 사랑이 아닙니다

사랑하고 미워하면
그건 사랑이 아닙니다

사랑하고 아파하면
그건 사랑이 아닙니다

손을 내미세요 작을지라도
가슴을 여십시오 좁을지라도
등을 내미세요 약할지라도

사랑하고
사랑하고
사랑하고
이별하십시오

용서라는 말은 하지 마십시오
사람은 아무도 용서받을 만큼
죄를 짓지 않았습니다

운명이란 말도 마십시오
사랑은 조건 없는 포옹입니다

추억하지 마십시오 인생은
인생은 추억하면 허공입니다
하늘보다 깊은 허공입니다

외로운 시간 속에서

참아야 했던 것이 아픔뿐이랴
미움을 삼키고
외로움을 삼키고
사랑마저 삼키며 살아온 날들

흘려야 했던 것이 눈물뿐이랴
바람 한 점 없는 하늘을 보며
그리움의 향불을 지펴온 날들

그리운 것이다
사랑했다면

끝내 그리운 것이다
보고 싶다
그 마음을 지울 때까지

외로운 것이다
사랑했다면

끝내 외로운 것이다
사랑한다
그 말을 말할 때까지

시인의 하루

인적도 없이
200채의 집들만 늘어선 도시
사람들은 그곳을 원고지라 불렀습니다

남극의 겨울처럼 하이얀
이 도시의 거리에서
오늘도 나는 별에게 길을 물었습니다

이 도시 2번지에는
내 사모하는 여인이 갇혀 있습니다
이름도 없고
얼굴도 없는 여인이지만
난 사모합니다
내 운명의 여인입니다

창문도 없고
대문도 없는 이 집은
마법의 점 하나를 찍어야
출구가 열리는데

어찌합니까
내 사랑은
어찌합니까
내 그리움은

실어증 환자처럼 더듬기만 하다가
말 한마디 못하고 돌아 섭니다

차비로 술을 마셨으니
오늘도 귀가는 늦습니다

싸늘하게 식어버린
북엇국 냄비 앞에
졸고 있는 아내는
이미 낯익은 모습입니다

"시가 밥 먹여 주나!"

딸크닥 가스렌지가 켜지고 나면
그제서야 나는 아내가 괘씸하고
아내는 내가 야속합니다

더블침대 한 켠엔
어린 아들이 곤히 잠들어 있습니다
아빠가 안방에서 담배를 피웠다고
엄마에게 고자질 하는
싹수 노란 놈입니다

꿈을 꾸면
수 천 마리의 갈매기 떼가
하늘을 날며 똥을 쌉니다

된 똥
묽은 똥
하얀 똥
검은 똥

내 사모하는 여인이
붉은 담장 안에 갇히듯
나는 갈매기 똥무덤 속에 갇혀 외칩니다

"시가 술은 먹여 준다!"

사모하는 그녀가 들어도 좋고
괘씸한 아내가 들어도 좋습니다

하늘밭 눈물꽃

불을 지를까
무심한 사랑
작두발을 해도 보이지 않고

칠흑의 밤을 찍어
너의 이름을 그리면
봉두난발한 그리움만
고산준령을 넘는다

행운이 비켜 가는 사랑은 아닐까
불길한 예감 한 톨
허공을 날면
내 마음의 호수엔 파문이 인다

누가 지웠을까
일곱 빛깔 무지개 꿈

서러운 세월을 목욕시켜도
운명의 매듭은 엉켜만 가고

상심의 구름 떠가는
인적 없는 하늘밭엔
눈물꽃만 피었다

갈대꽃

너는
하늘만 보고 웃자란
산골 소년의 꿈

내 키보다 더 자랐구나
너를 보다 하늘을 본다

무엇이더냐

햇살이 비추이면
양떼로 내달리고
바람이 불면
눈발로 흩날리는 꿈

물으면
고요가 되고
보듬으면
허공이 되는데

헤아린들 알 수 있을까
저 깊은 흔들림과
기다림의 사연을

나는 등신불처럼
갈대꽃 무덤 속에 앉아
숨 막히는 기다림이 되어 본다

시간은 멎고
올 수 없는 것
그것이 기다림이기에

지지 않는 꽃

낙엽 지는 계절은
날마다 불면의 밤

달빛 성근 나목 사이로
바람이 불면
우수수
낙엽을 밟고 오는 사람

당신이었습니다
지지 않는 꽃

사랑의 무덤을 지키는
하이얀 눈부심

당신이었습니다
그리움의 꽃

지워도 지워도
지워지지 않고

줄기로 자라지 못하면
뿌리로 자라는 것이

바람이어도 좋고
구름이어도 좋고

나 죽어서라도
당신 곁으로 갈 수만 있다면
낙엽 지는 계절이
이토록 아프진 않겠습니다

눈이 내리면

아득한 눈길을 걸어가는
내 마음이 등불이다
아침이 와야 잠들 수 있는 가로등처럼
너를 만나야 잠들 수 있는 등불

이승의 삶이었을까
너를 사랑하고 아파한 날들
사랑했던 만큼
난 아직도 더 아파해야 하는데

저승의 꿈이었을까
너를 사랑하고 그리워한 날들
멀어져 간 만큼
난 아직도 더 기다려야 하는데

끝내 볼 수 없음에 대한 보고픔이
그리움임에야

까치가 날지 않는 아침이면
비라도 내려야 한다고
아파했습니다

꽃이 지는 밤이면
달빛이라도 서러워야 한다고
눈물지었습니다

부질없이 바라보는 설국엔
침묵만이 흐르고

야윈 가슴으로 목말라 하며
아직도 널 사랑하고
아직도 널 그리워하는 나는

어디쯤에나 나아가
기다리는 눈사람이 될까

네가 떠나간 발자국을 지우고
네가 떠나간 길을 지우며
이렇게 하염없이 눈이 내리는데

기다림 마저 없었다면
내가 머물 곳이 어디였을까

예순한 살의 아침

예순한 살의 아침에
눈이 내린다

앉으라 한다
서 있는 모든 것들

잠들라 한다
깨어 있는 모든 것들

잊으라 한다
지나간 모든 것들

지상의 모든 아픔
홀로 안고 가겠다 한다

너희는 다만
양처럼 순결하라 한다

언제부터였던가
하얗게 눈이 덮인
내 머리 위에도
날마다 인생의 눈이 내리고 있다

봄
여름
가을
겨울
한마디 말도 없이
내리기만 하는 눈

다시 꿈꾸라 할까
그 봄날의 사랑을
다시 침묵하라 할까
그 가을날의 그리움을

이제는 듣고 싶다
그 눈 내리는 소리도

12월의 소묘

딸
딸
딸
딸

12월의 달력에선
마른 잎 소리가 들린다

어디로 갔는가 그 많던 날들은
어느 작가의 슬픈 탄식 되어
묻고 또 묻고 싶지만
물은들 무슨 소용
그 누가 대답할 수 있으랴

이렇게 사는 게 아니었는데
이렇게 살고 싶진 않았었는데

참회의 한숨을 지어 보지만
강물에 떨어지는 빗방울처럼
지나간 날들은 장송곡으로 흐른다

펄럭
펄럭
펄럭
펄럭

12월의 달력에선
파도 소리가 들린다

이유일까 변명일까
산다는 것은
한 마리 용으로 날고 싶었던 꿈은

하늘을 보면
허무한 달빛만 쏟아져 내리고
빈들의 독목이
시린 손을 내밀어 창문을 두들긴다

사는 날까지

우리
잊지 말아요
사는 날까지

지금은 가고 없는 날들이지만

무지개꽃 피던 봄날에도
눈물겹게 서럽고
외로운 날들이 있었음을

사랑을 망각한 탓이잖아요

우리
잊지 말아요
사는 날까지

지금은 올 수 없는 계절이지만

쫓겨난 아이처럼 겨울 들판에 누워
시린 손가락으로 별을 헤며
아침이 오지 않기를 기도했던
행복한 날들이 있었음을

사랑을 꽃피운 탓이잖아요

달개비꽃

홀로 사는 여인의
농염한 고독이여
애간장 녹는다 함이
너를 두고 한 말

청상의 보랏빛
가녀린 자태에
애련을 더하니

언제였더냐
짧지만 즐거웠던 한때가

낙화라도 있었더면
바람이나 탓하련만
하루 해를 피었다가
눈물로 녹는구나

천하의 풍류 두보가
창가에 너를 심고
죽엽초라 부른 것은

아마도
너의 슬픈 일생을
다 그릴 길 없음이리

1월의 어느날

천둥소리에 놀란 까투리처럼
푸드득 잠을 털면
살아 있음은 분명 축복이었다

갈 수 없는 나라로
다리를 놓고
볼 수 없는 세상을
만나게 한다

폐부 깊숙이 들이키는 바람 속에는
꽃의 향기가 있고
결실의 풍요가 있고
눈 내리는 밤의 소망이 있다

다시는 세상을 맞서지 않겠다고
다짐을 하면
지난 생애의 부끄러움이
작별의 인사도 없이
제 갈 길을 떠나고

그보다 한발 앞서
나의 이력서를 든
1월이 2월의 문을 두드리고 있다

친구여
한 잔의 술을 권하노니

절망이 넘어지면
희망이었다

분노가 넘어지면
사랑이었다

삶은 한줄기
바람만으로도 축복이었다

제 3 부

■ 詩作노트
나는 언제나 외톨이였다
아웃사이드로만
밀려나는 외톨이
나는 자유인이야
나그네야
바람이야
억울할 때마다
외쳐보기도 했지만
속으론 나도 인정하고 있었다
그래 난 외톨이야
패배자야
페시미즘이야
비겁한 방관자야
신이 있었던가
세상을 믿고
하나님을 믿고
부처님을 믿고
사람을 믿은 날이 있긴 있었다

그리고 외쳤다
가!
가란 말이야!
여긴 우리 세상이야!
아! 내 삶의 아젠다여
어디란 말인가
내가 있을 곳은
어디란 말이가
내가 살아갈 곳은

실락원

그곳은 8월의 고향집 원두막

냉수 한 그릇에
하늘을 우러르면
흰 눈이 펑 펑 쏟아 졌었다

포도는 속절없이
햇볕에 그을리고
복숭아는 진종일
화장만 했었다

밭둑의 수박 한 통 익는 날이면
게으른 꼴망태 배가 고파도
여름 해는 벌써 기울었었다

보고픈 소녀야
첫사랑 소녀야
네가 그리워서 서쪽을 보면
하늘마저 붉게 물들었었다

노스탈지어

산다는 건 언제나 삭막한 겨울이다

바람이 비켜 가는 언덕배기에 누워
따사한 햇살을 쬐고 싶은
소망 가득한 꿈이다

떠나야지
떠나가야지
다짐이 부족하면 이를 깨물며
악몽에 시달리는 진저리다

사랑한다는 건 언제나
숨 막히는 고독이다

여하한 조건 하에서도
생장의 염원을 지켜주어야 하는
방생 당한 물고기처럼
칼바람에 가슴 베이며
홀로 걷는 외로움이다

돌아가야지
돌아가야지
너만을 사랑한다는 발성 연습을 하며
신기루를 찾아 가는 몸부림이다

저물어 달 뜨면
외로움이여

외로움은 눈처럼 순결하지만
그건 배고픔의 이음동의어였다

서럽다는 것도
사랑만큼이나 깊은 정이지만
세상 앞에선
나약함의 오기된 표현이었다

가녀린 실바람에
온몸으로 흔들리는 갈대숲

이유가 있을까
바람에 흔들리는 몸짓일 뿐

부러지진 말아야 한다
흔들림으로 막아내며
쓰러지지는 말아야 한다

시인의 집

진달래 꽃무덤 위로 하염없이 내리던
봄비를 따라 맞으며 눈물짓던 추억과
설익은 호두 한 알을 건네준
하얀 손을 흔들며
소낙비 속으로 사라져간
소녀에 대한 애잔함이
겨울을 넘길 가난한 시인의 양식입니다

누군가를 그리워하고
누군가를 사랑하며 사는 것이
인간미 넘치는 일이긴 해도
그건 내게 너무 사치스럽고
기름진 꿈입니다

세상 속으로 걸어갈수록
외로워만 지는 삶

의미를 부여할수록
무의미해져만 가는 삶

낭비인 것 같습니다
혼돈된 세상에서
길을 찾는다는 것은

불면의 밤은 날마다
풍선처럼 부풀고
적지로 찢어지는 가슴 가슴
한 조각 한 조각 시로 접어 날립니다

노래가 아닙니다
나의 노래는

소망이 아닙니다
나의 기도는

생의 파편들을 모아 접은
종이비행기입니다

티끌의 무게도 견디지 못 하는
종이비행기

한숨만 쉬어도 폭풍이 이는
유령의 집

눈물 한 방울에 무너지는
모래성

그곳이 정녕 시인의 집이라 해도
난 그만 이 겨울
이 집의 주인이 되겠습니다
봄날이 오기까지
이 집의 객이 되겠습니다

패랭이꽃

연지 찍고 분 바르고
홍등가에 앉았으나

그대 몸 대죽이요
그대 마음 논개로다

잊어 못해 초야의 정
낭군님 기다리오
패랭이 벗던 일이
돌아온단 약속이니
이 몸은 수절이요
술이나 들고 가소

바람의 유혹을
권주가로 뿌리치니
절개로다
절개로다
불후의 절개로다

훗날 내 필명이
천하를 주유하면
사군자에 난을 뽑아
패랭이라 부르리라

당신이 보고 싶습니다

이유도 없는데
당신이 보고 싶습니다
당신도 이유가 없다면
그냥 마주한 채
두 손만 꼭 잡겠습니다

하고픈 말도 없는데
당신이 보고 싶습니다
당신도 할 말이 없다면
그냥 마주한 채
미소만 짓겠습니다

무주공산이 된 서울 땅에
꼬옥 한 번 당신과
홀로이고 싶은데
저 많은 사람들은
언제 다 죽겠습니까

가슴이 답답하면
당신이 보고 싶습니다
당신도 그렇다면
그냥 마주한 채
한숨만 쉬겠습니다

외로움이 사무치면
당신이 보고 싶습니다
당신도 그렇다면
그냥 마주한 채
고개만 떨구고 있겠습니다

내일 죽을 사람처럼

당신이 보고 싶습니다
당신이 보고 싶습니다

여백의 삶을 위하여

가끔은
하늘을 보면서 살아 가련다

바람이 불면
바람의 길을 열고
구름이 일면
구름의 길을 열뿐
스스로 말이 없는 하늘에서
여유를 얻고

신열과 몸살로 지켜낸 삶이
덧없음으로 느껴질 때
바라보는 것만으로도 하늘은
나른한 오후에 마시는
한 잔의 커피처럼
지친 심신을 일깨우는
청량제가 된다

가끔은
바다를 보면서 살아 가련다

일어나 부서지고
부서져 일어나고
온몸으로 운명을 맞서는 바다에서
티끌 먼지로 온 인생이 겪어야 할
고난의 날들을 각오하고

꿈꿀 수 없는 삶이
절망의 끝에 설 때
바라보는 것만으로도 바다는
여지껏 꾸어보지 못한 꿈이 되고
신뢰를 상실한 가슴에 순결이 된다

가끔은
세상을 관조하며 살아 가련다

뜻으로만 살 수 없는 인생
적지에 내리는 마른 소나기처럼
티눈으로 덧난 상처도 있지만

한 톨 외로움이 되어
길을 나서면
모퉁이를 돌아서 간 발자국에서도
그리움이 묻어나고

맨발로 걸어 보는 포도 위에는
눈물 한 방울 적시면
들꽃으로 피어날 씨앗이 있다

청춘의 덫

단 하루만 살 수 있다면
담배 연기로 훈제된
내 청춘을 박제하겠습니다

청춘의 덫이라 명패를 붙이고
포르말린 용액병 속에
영혼 없는 화석이 되어 잠겨 있겠습니다

제멋대로 부풀어서
제멋대로 터져버린 청춘은
눈 뜨고도 보지 못하는 세상을
눈감고 보겠다고
안개비에 와이셔츠가 다 젖도록
거리를 헤집고 다녔습니다

단 하루만 살 수 있다면
용산역 20시 15분발
삼등열차에 몸을 싣겠습니다

피점령지처럼
지도에는 없고 내 마음속에만 있는 곳
경상북도 선산군 도개면 다곡동

ㄱ. ㄴ. ㄷ. ㄹ. ㅁ. ㅂ. ㅅ...
들어도 세상 사람들은 모를 이름이지만
내가 가면 송사리떼처럼 몰려드는
친구들입니다

내고향 성황당 도토리는
참으로 부처님 모습을 닮았습니다

도토리 껍질을 잔 삼아
ㅎ. ㅇ. ㅅ.
내 이름 석 자를 불러 주는 사람들과
대처로 떠나는 낙동강물을 향해
손도 흔들어 주며
밤새도록 술을 마시고 싶습니다

웃다 보면 울음이 나고
울다 보면 웃음이 나는 게 인생인데
청춘에 좀 취한들 어떻겠습니까

아!
이젠 정녕
사랑하는 법을 깨치고 싶습니다

단 하루만 살 수 있다면
정말이지 가겠습니다
꿈도 희망도 절망마저 비워버린
창녀 품에 엎드려
할딱거리다 죽으러 가겠습니다

되는 것도 없고
안되는 것도 없는 게 인생인데
쥐새끼 한 마리 청춘에 죽는다고
하늘이 울겠습니까
땅이 울겠습니까

아!
이젠 정녕
살아가는 법을 깨치고 싶습니다

5월의 뜰

인환의 거리를 벗어나
5월의 뜰로 오라 그대

찻잔을 채우고
그리움을 마셔도
끝내 외로움은 지울 수 없고

찻잔을 비우고
외로움을 마셔도
끝내 그리움은 지울 수 없으리니

마음의 창을 열고
5월의 뜰로 오라 그대

태초의 그날처럼
신비로 넘치고

햇살 내려와
꽃이 되고
바람 불어와
환희가 되는 5월에

사랑한다는 말은
없어도 좋으려니

너도
나처럼만 그리워 봐

너도
나처럼만 외로워 봐

이어도

제주 여인들의 가슴속에
그리운 섬 하나 있다

청상의 과부 되었던
어머니가 그리고
청상의 과부된 딸이
대를 이어 그리는 섬

이어도 사나
이어도 사나

바람이 불어오는 곳
파도가 밀려오는 곳

아득한 바다 그곳에
이어도가 있다

본 사람 아무도 없고
돌아온 사람 아무도 없는
전설의 섬

물새도 쉬어가지 못하는
수중의 그 섬에
제주의 아버지들과
제주의 남편들이 살고 있다
숨비소리도 없이

나목

임종을 눈앞에 둔 사람처럼
인생을 뒤돌아봅니다

착각이었습니다
살아가며 할 일이 있고
이루어야 할 무엇이 있고
남기고 갈 무엇이 있고
그것이 인생이라는 생각은

시행착오였습니다
햇살처럼 포근함으로
세상을 보듬으려 했던 몸부림은

심연을 흐르는 천년의 허무가
아마도 내가 거둘 마지막 결실임에
지상에 남기고 갈 것은
가녀린 한숨뿐인 것 같습니다

무엇입니까
산다는 것은

묻고 또 물어도
화두에 걸린 인생은
교수대에 선 사형수처럼
하늘만 보고

서러움에 흘렸던 눈물이
배신감에 이를 갈던 분노가
덧없이 무너진 사랑이
내 이름표를 달고
만국기처럼 허공을 펄럭입니다

죄악이었습니다
계절을 잊은 허수아비처럼
빈 들판을 지켜낸 삶은

어리석음이었습니다
세상을 믿고 산 것은

바람이 되지 못한 나는
겨울만이 무성한 들판에
한그루 나목으로 남습니다

나부끼는 미락의 잎새 사이로
낯익은 얼굴들과
낯선 얼굴들을 봅니다

시인의 기도

진실이면 좋겠습니다

선악이 공존하는 세상을 산다는 것이
어찌 존재의 문제이겠습니까
수용의 문제지요
굴절되지 않길 바랄 뿐입니다

좋아서만 사랑하겠습니까
미운 구석은 보지 않으려
더욱 가까이 다가섭니다

떠난 사랑이라고
모두 흔들림이겠습니까
그에게도
하얗게 지샌 밤이 있었던걸요

당신은
꽃이 아니어도 좋습니다
물속에서도
바람 속에서도
꺼지지 않는 빛이면 됩니다

사랑도 더러는 미움이지만
삶은 이렇게도 소망입니다

당신은
한줄기
꺼지지 않는 빛이고

나는
식지 않는
사랑으로 남길 바라는
간절히도 목마른 기도입니다

세상 사람들은
부와 출세를 위해
짐승처럼 날뛰다 잠이 들었지만

나는 오늘도
당신의 가슴에
영원의 꽃 한 송이 피우기 위해
사막의 모래알 같은 낱말들을 뒤지며
진주를 찾는 밤을 지새웁니다

무위로 잠 못 이룬 날들
지금까지의 내 삶은
모두 무효입니다

산타바바라의 비가

밤하늘의 별처럼
촘촘히 빛나던 별들이었다

그리움일 땐
달빛으로 성글고
외로움일 땐
바람의 향기로 스러지던 별

지친 몸으로 친구를 찾듯
볼 수 없는 어머니를 부르듯
애잔한 목소리로 너의 이름을 부르면

산타바바라

환상은 아니었습니다
밤마다 이국땅 지도를 들여다보며
배고프지 않은 나라를 찾아가고
제3한강교 밑에서 실종되어
금문교 밑에서 구조된 소년의 생애는

현실은 아니었습니다
돌풍에 날려가지 않으려
햄버거 하나의 무게를
허리춤에 동여매고
여비가 없으면 걸어서라도
동방의 나라로 돌아가고 싶었던 꿈은

할리우드

신의 숲에는 별들이 살지 않았습니다
하늘문을 할퀴는 손목 잘린 아귀와
허공을 걸어가는 발자국들이
비 내리는 밤
공동묘지에 나뒹구는 유골처럼
도깨비 불춤을 추고 있었습니다

서귀포항

남태평양 1번지
바람목장 주인

받게나 친구여
내 명함일세

여기가 어디냐면
서귀포항

드넓은 바다에
바람을 방목하고
언덕 위의 카페 하얀성에서
모카향 그윽한 커피를 마시며
세계 제1의 갑부를 꿈꾸네

외로운 시간엔 노래도 하고
그리운 시간엔 울기도 하지

사는 일 겨우면 찾아 오게나

김밥 메고 한라산 소풍도 가고
새섬 문섬 범섬에 해먹을 걸고
바람의 이야기를 들려 주겠네

갈 곳 없으면 눌러 앉게나

봄 여름 지나고 가을이 오면
한라산도 통째로 목장을 만들어
겨울마저 깡그리 방목할 건데
자네 한 입 뭐 걱정이겠나

바람이 있어 자유가 있고
바다가 있어 꿈이 있는 곳

남태평양 1번지
서귀포라네

제 4 부

■ 詩作노트

무엇을 찾았더냐
부처님을 찾습니다
부처님은 만나서
무얼 하려느냐
세상을 훔치는 법을
여쭈려구요
부처님이 그런걸
알고 있다더냐
부처님은 모르는 게
없다 들었습니다
부처님이 그런걸
일러 주신다더냐
부처님은 무엇이든
주신다 들었습니다
절에는 부처님이
살지 않는다

절에 안 사시면
어디에 삽니까
나도 부처님을
찾고 있느니라
그럼 저는 가보겠습니다
갈 곳도 없는 놈이
어딜 가려느냐
산 아래서 왔으니
산 아래로 가야지요
집에 당도하거든
네 마음을 조용히 들여다보거라

한중록

그 겨울
나는 행복했네

배부르고 등따시면
행복인 것을

꽃 피고 새 우는
봄에 알았네

안빈락도라 마오

시인의 초막에는
까마귀도 멀리 날고

외로움만 무서리로
내리는 것을

끽다거

차 한 잔하고 가게

밥 잘 먹어 사는 나이
팔십 수라 하였지만
차 잘 마셔 사는 나이
백 수라 했네

시비를 가리라 말게

해마다 새싹은
봄바람에 나부끼고
준령에 솟는 샘물
바다로 흘렀거늘
호수에 잠긴 달을
건져 어디 쓰려는가

부처가 되는 일은
세수하다 코 만지기

정한수 한 종지에
풀향기를 띄우니
근심이 나를 버리고
저 홀로 떠나 가네

붓다

육신으로 왔다가
말씀으로 머무시네

그 말씀
법이라 하면
법이 되시고

그 말씀
부처라 하면
부처가 되시네

그 말씀
적멸보궁 심산 중에 계시나
홀로 왔다 홀로 가는
인생길 나그네의 등불이시네

사바의 길

누가 널 여기에 버렸더냐

홀로 가는 길 외롭다
뒤돌아보지 말아라
이 길은 나란히 걸어도 외롭나니
멀고도 험한 인생길이 아니더냐

푸른 하늘을 소롯이 담을
두 눈일랑 감지 말아라

허한 가슴
채워도 채워도 비어만 가고
보고도 못 보고
만나도 모를
돌탑을 쌓는 인연이여

누가 널 여기에 버렸더냐

묻지 말아라
억조창생이 가다가 잃어버린 길
선풍도골도 비켜 간 사바의 길
어차피 물어선 갈 수 없는
인생길이 아니더냐

태어난 업보로 울어야 했고
살아온 업보로 가야 할 길이니
하늘이 무너지고
땅이 꺼진들

어쩌리오 그대
웃으며 가야지

원단 일기

물처럼 살려 하네
욕심을 버리고

쉼 없이
서두름 없이
깊고 낮은 곳으로

흘러
흘러
흘러
흘러

삶의 족적을 남기려 하네

바람처럼 살려 하네
향기를 품고

쉼 없이
서두름 없이
높고 푸른 곳으로

날아

날아

날아

날아

삶의 족적을 지우려 하네

무상

비가 내리면
훗날
나도
그 일부가
비가 되어 내릴 것을 기억하려 합니다

바람이 불면
훗날
나도
그 일부가
바람으로 불 것을 믿으려 합니다

햇살이 비추이면
훗날
나도
그 일부가
누군가를 향해 내리쪼일
온기가 됨을 느끼려 합니다

만나서 인연일 뿐
모두가 텅 빈 저 하늘인 것을
백 팔 번뇌는 허공에 걸어 두고
숲속에 누워서도 지금은

훗날
나도
그 일부가
흙으로 돌아감을 상념하려 합니다

연등

모래알 같은 중생들의 소망
모아 모아 거니
하늘을 덮네

세월은 무상하고
사는 일 여여하여

우리네 인생사 허공에 걸면
모두가 한 자락 촛불인 것을

눈물의 기도

저 소원 이뤄지면 부처될까

마음을 비우라 마오
욕심이라고도 마오

저 꿈 저 욕심도 없이
팍팍한 이 세상 어이 살란 말이오

부처 아니라도 좋겠소
오색 연등에 매단
저 소원만 이루어진다면

물처럼 한세상 살다 가겠소
바람처럼 한세상 살다 가겠소

연꽃

가만히 보고 있으면
어머니가 되는 꽃

당신의 향기는
천 년의 염원
만사형통의 다라니였습니다

옴 마니 반메 훔

육자진언의 만트라 들리면
당신의 기도는 눈보다 희고
허공보다 깊은 순결입니다

가만히 보고 있으면
아내가 되는 꽃

당신의 미소는
당상명주를 돌려
어둠을 밝히는 무드라였습니다

아제 아제 바라아제

육도윤회의 문을 닫는
묵언의 수기 들리면
당신의 미소는
침묵보다 깊은 소통의 언어였습니다

가만히 보고 있으면
누이가 되는 꽃

나는 문득 인당수로 뛰어들고
당신을 번쩍 안아 올립니다

무엇과 바꾸리까
곱디고운 그 모습
깊디깊은 그 향기

변주곡

달마가 서쪽으로 갔다기에
나는 동쪽으로 갑니다

달마는 부처가 그리워
부처를 찾아 갔지만

나는 사람이 그리워
사람을 찾아 갑니다

달마가 있다 않았으니
나도 있다 하지 않겠습니다

달마가 없다 않았으니
나도 없다 하지 않겠습니다

부처도 구하면 없고
사람도 구하면 없고

부처도 그리우면 있고
사람도 그리우면 있는 것을

법문

금생에 다시 못 볼 인연이라면
가던 발길 멈추고
눈맞춤 하고 가게

내생에 또 만날 인연이라면
가던 발길 멈추고
손 한 번 잡아 주게

잡아 들임과 놓아 버림의 일체법이
삼의일발에 있어
그것은 범부라도 여유가 있고
가장 높은 부처라도 모자람이 없거늘

씨가 있어 부처리오
팔자가 있어 중생이리

지하도에 엎드려 탁발을 하던
팔다리 없는 피발걸사가
어쩌면 훗날 나의 부처인 것을

천 년을 전해야 할
위 없는 법문은
배고픈 자에겐 한 그릇의 밥
목마른 자에겐 한 잔의 물
병든 자에겐 한 톨의 약이었어라

삼백초

고귀한 자태여
신선의 모습으로
물소리
바람소리
벗 삼는구나

흰 꽃
흰 잎
흰 뿌리를 두고
세인들 그대를 삼백초라 부르지만
나는 그대를 인자라 하네

어느 날 내 문득 해탈을 하고
세상을 깨치고 인생을 깨치면
만행의 길 접고 그대를 마주하리

군자는 요산이요
인자는 요수라

세상 길 가는 사람들
옛 시를 떠올리겠지만
그중에 더러는 찻잔을 드리우고

말 있음에서 말 없음으로
말 없음에서 말 없음으로 가는
고담준론으로 세상을 미혹하고
아무 일 없는 듯 허공을 바라보리

정방폭포

그대의 떠남은
때를 알고
지천명을 알고
홀연히 길떠나는 성인의 행보다

비췻빛 바다
그대의 뜻이면 파도가 되고
그대의 뜻이면 고요가 되네

낮은 데서 왔다가
깊은 데로 가는 이여

비우고 또 비웠지만
난 아직
삶의 미련 비우지 못 했네

지우고 또 지웠지만
난 아직
살아갈 근심 지우지 못 했네

바다로 가는 이여
정방폭포여

바다를 동경하며
그대를 바라봄이
세속의 이별만을 슬퍼함이랴

사바의 길 거침없이
걸어갈 수 있다면
물처럼 한세상 살아가겠네

갯바위

슬픈 눈으로 하늘을 봄은

멀지만
저곳이
언젠가는
돌아가야 할 곳이다

돌아가
비로 내리고

내려서
꽃으로 피고

피어서
향기로 불기를

제 5 부

■ 詩作노트

한때는 못 견디게
겨울을 좋아 했었다
눈 덮인 산을
좋아 했고
칼바람 몰아치는
바다를 좋아 했었다
모든 것이
죽어 있었기
때문이었다
죽어 있는 것들은
위대했다
위대한 진실이었다
진실은 원본이
없었고
숨긴 것 없는
그대로의 모습이었다

그러나
봄을 알고부터
겨울이 싫어졌다
겨울에 죽은 것은
아무것도 없었다
멈춰 있을 뿐이었다
나는 속았다
방황하기 시작했다
강이고 바다고
들이고 산이고
무작정 걸었다

제주 일기 1

잊고 살았네

떠나 온 일도
돌아갈 일도

세월은 유수 같아
어언 일 년

작년에 피었던 밀감꽃
다시 피는데

나는 이 봄날
바다에 앉아

허옇게 부서지는 파도를
춘화라 하네

태평년월 일소냐
산다는 것이

마음을 비우려
하늘을 보고

근심을 비우려
바다를 볼 뿐

제주 일기 2

푸른 하늘
푸른 바다
푸른 산
푸른 들

나는
이제
더
이상
꿈꿀 게 없습니다
불타는 사랑 밖에는

죽도록
사랑하여

죽도록
그리워지고

죽도록
그리워

죽도록
외로워지기까지

제주 일기 3

제주도는 비가 오면
하이얀 캔버스가 됩니다

그 푸른 바다
그 푸른 하늘도 없이
한 장의 하이얀 도화지가 됩니다

저물도록 장대비를 보고 나서야
비가 내리는 날 제주에서
푸른 바다
푸른 하늘을 꿈꾸는 것이
얼마나 큰 사치인 줄 알고

온 사람
간 사람 아무도 없는
제주도의 외롭고 서러운 하루와 함께
나도 따라 하이얀 외로움이 됩니다

놀이터에서 돌아와
엄마 없는 방문을 연 아이처럼
알모를 서러움도 눈물로 흘립니다

적막하여 어제 보았던
빨강
노랑
파랑 꽃들을 떠올려 보지만

오늘 밤은 내 꿈도
하이얀 도화지 한 장만
그릴 것 같습니다

그릴 수 없는
빗소리
바람소리는
그대 이름을 부르는
잠꼬대가 되고

제주일기 4

광야에 부르짖는 소리가 있다

바다 내음
돌 내음
바람 내음

광야에 부르짖는 소리가 있다

마늘 내음
무우 내음
밀감꽃 내음

제주 일기 5

바람 휘 휘
곶자왈을 노 저어
한라산을 넘고

바다 휘 휘
파도를 노 저어
수평선을 넘는데

내 마음 휘 휘
그리움을 노 저어
그대에게로 가네

야속타 마오
사랑하는 내 님이시여
이 몸을 기다리는 님이시여

여기는 어쩔 수 없는
제주하고도 서귀포라오

제주 일기 6

한 마리 사슴으로 사닐고 싶어라

한라산을 뛰놀다
목이 마르면
노루샘
방애샘에 목을 축이고

다독여 주시던 겨울밤
어머니의 솜이불 같은
안개 속에서 잠들어
바람 소리에 깨고

어쩌랴
다시 잠 못 드는 외로움이야

그 외로움 짙어
그대 그리는 내 마음도
짙어 가는데

한 마리 사슴으로 사닐고 싶어라

꿈빛 하늘바다
사랑빛 들판
진종일 가슴을 뛰게 하는데

어쩌랴
곶자왈로 자라는 그리움이야

그 그리움 깊어
그대 사랑하는 내 마음도
깊어지는데

제주 일기 7

제주도 저문 바다
어둠 속에 서면
한 척 뗏목 되어
태평양을 떠 간다

그대 먼 곳으로
밀려가는 행로여

표류!

이것이 삶이고 사랑이라면
고요히 떠 가리
한 편의 시가 되어

바람은 부는 것

파도는 치는 것

비는 내리는 것

눈은 오는 것

삶이여
사랑이여
흔들리지 말아라

깃발을 드날리지 않아도 청춘이듯
못다 한 사랑도 사랑이리니

제주 일기 8

꼬부랑 길이 아니면
제주도의 길이 아니다

감수광
꼬부랑 꼬부랑
돌담 휘돌아 바당 가는 길

혼저옵서예
꼬부랑 꼬부랑
들길 휘돌아 정랑 가는 길

바람을 탓할 줄 몰라

꼬부랑 꼬부랑 길
사람이 가고
곧은 길 지름길
바람이 간다

철 따라 피는 꽃은
제주도의 꽃이 아니다

봄에 피었던 꽃
가을에 또 피고
1월에 피었던 꽃
6월에 또 핀다

세상을 탓할 줄 몰라

너영 나영
인꽃만 한 번 피고
영영 아주 진다

마라도 일기

국토 최남단 초록빛 풀섬

갈매기 꾸럭 꾸럭 창공을 날며
바다가 고와 하늘을 울고
전설이 슬퍼 섬을 우는데

마라도 오늘 밤도 바다로 가고
파도소리 숨 가쁘게 들려 온다면
나는 또 잠 못 들고 별을 헤일까

당겨 눕는 창가에 달빛 성글고
문득 외롭고 그리워 짐은

내 마음의 자궁 속에
미명의 사랑 하나
잉태되었기 때문이다

누구였나요
내 마음에 사랑의 씨앗을
뿌리고 간 당신은

바다는 사랑하되
사랑한다 말이 없고
하늘은 외롭되
외롭다 말이 없는데

배추흰나비떼 같은
파도를 즈려 밟으며
그리움만 아득한 바다를 건넌다

한라산 일기

자유를 꿈꾸는 그대 여기로 오라
여기서 그대
창공을 거니는 노스탈지어가 되라

바람이 되고
허공이 되고

신역의 땅에서 홀로 되는 것
그것이 정녕
인간의 이름으로 누리는 자유가 아니랴

두려워 말라 표독한 고독일랑
외롭다는 건 진실해 지는 것
고독이 그대를 진실케 하리라

영원을 꿈꾸는 그대 여기로 오라
여기서 그대
무심이 되어라

산이 되고
돌이 되고

세월의 밖에 앉아 영원이 되는 것
그것이 정녕
삶의 이름으로 누리는 자유가 아니랴

백록을 탄 신선이 호수를 거닐고
삼승할멈이 생명꽃을 꺾어
이승으로 내닫는 곳
손을 뻗어 은하수를 따고
낚시를 드리워 천년의 침묵을 낚는 곳

여기서 그대
고독이 되어라
영원이 되어라
자유가 되어라

사라호 일기

연꽃이라 부르면
너는 이심전심의 묘법
염화시중의 미소다

학이라 부르면
너는 절대의 평화
긴 나래 접고
노송 위로 내려앉은
오수의 꿈결이다

너는 달콤한 입맞춤으로
청아한 하늘을 마음껏 품고
두둥실 두리둥실
열반의 꽃
한라산을 배 띄우는데

상상이나 했으랴
환장할 외로움

그립고
그립고
사랑하는 사람이 그리워지고

그립고
그립고
사랑했던 사람마저 그리워지고

나는 무릎 꿇은
사랑의 항복자 된다

토끼섬 일기

오늘 밤 꿈속에 둥근 달 뜨면
옥토끼 한 마리 바다를 떠가고
계수나무 바람에 흔들리겠네

오늘 밤 꿈속에 바다 춤추면
갈매기 떼 지어 허옇게 날고
잊을 수 없는 이름 부를 것 같네

하도리
멜튼개
토끼섬
문주란

환상의 섬이여
독백의 시여

오늘 밤 어쩌다 깊은 잠 들면
내 영혼 순결한 기도가 되겠네

지고하소서
토끼섬 문주란이여
아내여
세상의 아내들이여

지순하소서
문주란 토끼섬이여
여인이여
세상의 여인들이여

우도 일기

주간명월
야항어범
천진관산
지두청사
전포망도
후해석벽
동안경굴
서빈백사

탐라 제일명승 우도팔경 앞에
해당화
동백꽃
죽엽도
절색의 꽃잎도 촌스럽기만 하다

오명
가명
바람꽃 영등할멈 땅콩밭 매고

하명
쉬명
누렁소가 개 대신 집을 지키는 섬

이곳이 나 태어난 고향이더면
몸국 끓여 놓고 한 줄 정랑 밖
물질 나간 어멍 기다려 하루를 울고

멜국 끓여 놓고 두 줄 정랑 밖
바당 나가 돌아오지 않는
아방 기다려 또 하루를 울겠네

눈을 감으면
바다가 그리운 섬
눈을 뜨면
바다가 외로운 섬

누기 우도를 웃고 가는가

토말 일기

울고 있는 것이다 침묵하는 날들은

내 무슨 인연으로 세상에 와서
너를 알고
사랑을 알고
천착할 곳 정하지 못해
이리도 먼 길을 떠돌고 있는지

올 데까지 온 거야 땅끝
시종이 공존하는 곳
사랑을 맹세하기 좋은 곳이다

너도 외로우면 와
전라남도 해남군 송지면 갈두리
땅끝마을로

등대처럼 밤을 새는 나그네 방으로
은파처럼 하이얀 고독이 몰리고
아득히 개 짖는 소리 들리면
후다닥 달려 나가는 마음 한자락

기도를 할까나
사랑이게 하소서
두 손을 모아
사랑하게 하소서

편지를 쓸까나
여기는 토말
환상처럼 비가 내리고
갈매기 소리도 들림
육자배기로

비로소 알게 돼
땅끝에 서면

목마른 그리움과
사랑의 의미를

아무리 늦게 와도
오지 않아도
끝내 기다리고
용서하는 마음

그것이 정녕
사랑이라는 것을

난지도 일기

난지도 싸리꽃은
하이얀 냄새가 납니다

난지도 복사꽃은
연분홍 냄새가 납니다

난지도 사과나무는
사랑 냄새가 납니다

더 말해 뭘 할까
난지도 잔디밭은
별 내음이 나고
난지도 보리밭은
고향 내음이 나는데

무심한 세월은
한강으로 흐르고
난지도 먼 훗날 앞으로
느린 편지를 쓴다

나는 해우소였다
나는 쓰레기였다
빌붙어 산 인생마저 쓰레기였다

천형의 땅
유배의 땅

찬 서리 내리고
낙엽이 지면
나는 또 여기에 앉아
못 다 쓴 일기를 써야 하리

난지도 갈대꽃은
하늘 냄새가 납니다

난지도 개울물은
달빛 냄새가 납니다

난지도 돌멩이는
부처님 냄새가 납니다

축복의 땅
부활의 땅

백운대 일기

가히 선계로다
북한산 제일봉

구름도 쉬어 가고
바람도 쉬어 가네

뉘더뇨 나그네가
구름이여
시인이여

두고 먹을
밥 한 그릇
차 한 잔 없고

저 아래 산마을 신사동 300번지
내 집을 텅 비워
풀어 놓을 살림살이
바람에 휘날리는
낙서 한 장뿐이구나

사랑은 목련꽃처럼
피었다 지고
그리움만 들풀처럼
밤낮 자랐다
윤기 나는 삶에 대한 꿈은
산산이 부서지고
의지할 곳 없는 몸
헉헉대다 지치면
가난마저 언덕인 양 기대었었다

문수봉 일기

계곡을 건너며
증오했던 것들을 버리고
산을 오르며
세속을 연연하던
사랑마저 버린다

한 걸음 두 걸음
사다함을 지나고
세 걸음 네 걸음
아라한을 지나니
마침내 출가처럼
갈등했던 것들과
번뇌했던 것들과도 결별한다

대남문루에 올라 가부좌를 트니
좌장은 보현보살
우장은 문수보살

미상불 내가 바로
부처가 아니더냐

할!

망각하고 묵언할지니

보살들이여
그대들은
본 것을 기억하지 말라

중생들이여
그대들은
들은 것을 말하지 말라

인수봉 일기

인수봉은 두들기면
목탁소리가 납니다

똥
똥똥똥똥똥

한국말로 해석하면
손바닥만 한
땅 한 조각 달라는 말입니다

옆구리에 달라붙은
악송 한그루가
애처로운 탓입니다

인수봉은 두들기면
어머님 목소리가 납니다

서울로 가라
서울로 가라

그러나 나는 백주대간에
모반을 꿈꿉니다

강으로 갈 거야
바다를 만날 때까지

건널 수 없는 바다
건너야만 하는 바다

한동안
아닙니다
오랫동안
어머님께 죄송해야 합니다

죄송하면
나는
또 죄송합니다

이룰 수 없는
내 꿈에게 죄송하고

이루지 못한
내 꿈에게 죄송하고

세상의 땀내 나는
모두에게 죄송합니다

한강 일기

강으로 살까나
흘러 흘러
길이 되는 강

상처 아닌 가슴이 있을까

저 강도 길이 되기까지
긁히고
패이고
구르고
깨지고
피멍이 든 걸

강으로 살까나
흘러 흘러
한이 되는 강

후회 아닌 가슴이 있을까

돌부리에 걸려 넘어진 돌
돌부리를 걸고 넘어진 돌
돌부리가 된 돌마저도

강으로 살까나
흘러 흘러
용서가 되는 강

사랑 아닌 가슴이 있을까

울다가 울다가
마저 울지 못한 울음이
용서가 되는 것을

향로봉 일기

빗장을 걸고 누워
잠 못 드느니
차라리 저 바람을
객으로 맞으면
하룻밤 내 집을 묵어가는 담우가 되리

무유정법인데
인생이 무슨 이유를 필요로 하며
산고수장인데
사랑이 무슨 조건을 필요로 할까

산천경계에 앉아
지는 해를 바라보는 운수납자가
세상을 탓하리
운명을 탓하리

부족한 것을 말로 채우느니
가슴으로 부딪히리

미상불 인생이란
깊은 곳으로 가는 것
심연의 바다엔 고요가 있으리라

제 6 부

■ 詩作노트

세상에 태어나 존재가 되었다
하늘엔 별이 반짝이고
바다엔 달빛이 부서지고
지상엔 꽃이 피었다
찬란한 세상을 보고
나는 크고 비밀한 꿈을 꾸었다
하루빨리 어른이 되는
그러나 세상이 동몽이인들로 가득한
아비규환의 만원버스라는
사실을 아는 순간
꿈은 산산조각이 났다
살인과 도둑질
시기와 질투
사기와 강탈
거짓과 오만이 난무하고
사랑마저 구걸하고
최소한의 나 자신도 지키기 힘든
세상이 무서워졌다

고향으로 돌아가고 싶었지만
어머니의 등에 업히기에
내 몸집은 너무 커져 있었고
설령 돌아간다 해도
어머니는 이미 세상에 아니 계셨다
고뇌하기 시작했다
하루만
한 달만
한 해만
그러나 나는 죽지 못했다
자살을 꿈꾸는 순간 마다
삶의 충동이 얼마나 컸던지

1월의 시

1월은 판도라의 상자

희망만이 전부다

험한 세상
살아가는 일
어찌 고달프지 않고

알 수 없는 미래
어찌 암담하지 않으랴만

희망 하나로
희망 하나로
희망 하나로
소망의 촛대에 불을 밝힌다.

그대
부디
건강하소서

그대
부디
행복하소서

그대
부디
평안하소서

2월의 시

2월은 실화다

희망의 부활을 기념하던
축제는 끝이 나고
가공할 수 없는 삶
현실을 만난다

비상을 소망하던 꿈은
정전처럼 작동을 멈추고

허수아비가 지켜낸 세상
폐허의 겨울 들판에
28세의 청춘이 죽어 간다

봄은 올 것인가

페시미즘의 미래처럼
암울한 눈으로 하늘을 보면
봄은 계류장이 없는
기다림의 상공만 선회하고

영원의 덫에 걸린
나는 목이 마르지 않아도
한 잔의 커피가 마시고 싶다

표퓰리즘의 박수갈채 같은
삶의 허무를
그 진한 향기로 마시고 싶다

3월의 시

동의할 테다 무조건
그대가 3월을 봄이라 해도

햇살 쏟아져 동토를 녹이고
시린 가지 툭 툭
새싹을 틔우는데

고개를 끄덕일 테다 무조건
그대가 3월을
사랑이라 해도

울어 새던 겨울밤 꽃으로 피고
봄바람 알몸으로 나뒹구는데

무엇이 되어
무엇을 할까

잠시 잊을 테다
이 좋은 3월에는

잠시 꿈꿀 테다
이 좋은 3월에는

브루기니우스의 피를 기념하던
로마의 귀족들처럼
사랑의 포식자 되어

먹고 또 먹고
사랑을 먹고

토하고 또 토하고
사랑을 토하고

3월의 들녘을
핏빛 사랑으로 물들이는 꿈을

4월의 시

꽃의 나라 4월은 별나라 식민지

윤회의 수레를 타고 내려온
천상의 별들에게 점령 당했다

빨
주
노
초
파
남
보

별은 지상에 내려오면
꽃으로 환생한다
그리고 우리들과 재회한다

별이 되었던 사랑
별이 되었던 추억
별이 되었던 인연

그것은 우리들의 꿈이었었다

다시 보고 싶은 영화처럼
다시 듣고 싶은 음악처럼

사랑을 노래하며
살다 가기를

5월의 시

5월엔 나그네가 되고 싶다

고목처럼 터 잡고 살며
기다리는 삶을 버리고

누군가를 찾아가는
나그네가 되고 싶다

지금은 내게 있고
훗날엔 없을 것들

지금은 내게 없고
훗날엔 있을 것들

연민 한 톨
소망 한 톨
가슴에 품고

사랑하기에
사랑했기에

들꽃 피는 산길을 따라
바람 부는 언덕을 넘어

누군가를 찾아 가는
나그네가 되고 싶다

6월의 시

죽은 듯이 곤히 잠들고 싶다

어머니의 자궁처럼 아늑한
6월의 품에 안겨
하늘 이불을 덮고

몽환의 세계를 떠돌며

가장 아팠던 나를 찾아가
아픔을 달래고

가장 슬펐던 나를 찾아가
슬픔을 달래고

가장 힘들었던 나를 찾아가
용기를 주고 싶다

추억도 아닌 것이
미련도 아닌 것이
인생이건만
지난 생은 원혼처럼 구천을 떠돌고
나는 가난한 어미인 양 가슴이 저리다

무엇을 위해 여기까지 왔던가
극해의 빙산처럼 나를 숨기고
방랑의 길손처럼 초라한 모습으로

6월엔 너에게 고백하리라

사랑해
사랑해
널 사랑해

피는 꽃이 고와서 외롭게 울고
지는 꽃이 서러워 그립게 울던
봄은 이미 가고 없는데
사는 일 사랑 밖에 또 무엇이랴

7월의 시

7월은 무욕의 계절

한껏 푸른 녹음은
포만의 개처럼
오수에 젖고

산들바람 불어와
부채질을 하는데

무엇을 더 바라
근심을 지으랴

나 이제 돌아가리
그대 곁으로

예를 다 한 찻잔 앞에
목마름을 축이고

정을 다 한 밥상 앞에
배고픔을 달래고

의를 다 한 술상 앞에
사랑을 가꾸며

나 이제 머무리
그대 곁에서

사랑은 소유가 아니라
함께 하는 것이었기에

8월의 시

8월은 빈 의자

지친 그대 편히 쉬어라
그리고 사유하라

너 살던 세상에
남기고 갈 것과
챙기고 갈 것이 무엇인지를

사랑했더뇨
이제는 그 사랑의 옷을 벗고
그대 스스로 사랑이 될지니

증오했더뇨
이제는 그 증오의 옷을 벗고
그대 스스로 증오가 될지니

욕망했더뇨
이제는 그 욕망의 옷을 벗고
그대 스스로 욕망이 될지니

노을처럼 불타 보아라
파도처럼 부서져 보아라

인생이란
스스로를 불태워
어둠을 밝히는 촛불일지니
산다는 건 순결한 기도였어라

9월의 시

9월은 낙서의 계절

한 번쯤 시인이 되어
저 맑고 푸른 하늘에
시를 써 보자

세상에서 가장 초라한 것들
가난
고독
절망에 물들어 보고

잊혀진 이름
하나
둘
셋
부르다 보면

마음은 어느새 허공이 되고
흑암의 적막
별빛의 슬픔
별빛의 허무가
모두 순결한 고백이 되리니

사랑이었음을
시인의 마음이
사랑이었음을

순결이었음을
시인의 노래가
고백이었음을 알게 되리라

10월의 시

홀연히 정지된 세상
나는 그곳을
가을이라 부른다

생명과 현상은
모두 정적에 잠기고
우린 잠시 깊어져야 한다

사랑만 했을까

길손처럼 바람이 스치고
한기가 몰리면
시린 가슴을 쓸어 안고
또다시 묻게 되리라
어디서 왔다
어디로 가는지를

모두가 오고 가지만
나에게로 왔다
나에게로 가는 길은
본디 시작과 끝이 없는 법

깨어지고 잃어버린 것들
그것이 꿈이고 삶이라 해도
바위처럼 초연히
하늘을 바라보아야 한다

저 먼 겨울강을 건너기까지
바다를 지키는 등대처럼
우린 모두 위대한 홀로이어야 한다

11월의 시

너는 언제나
윤달처럼 적여하다

물안개 피는 호수처럼
청아한 너를 보면
어느새 내 마음도
닦아 놓은 창처럼 맑아지고
침묵처럼 고요해진다

알고는 있었지
인생은 너처럼
맑고 고요하게 살아야 한다는 것을

초로의 세월은
마른 풀잎 사이로 잦아들고
먼 산의 갈대꽃
눈발로 흩날리는데

아직도 미련이 필요할까
못다 그린 꿈
못다 한 사랑

바다로 가자 11월엔
빈 잔이 되게
가슴에 고인 눈물 모두 쏟아 버리고

산으로 가자 11월엔
빈 들이 되게
가슴에 쌓인 낙엽 모두 태워 버리고

살고는 싶었지
맑고 고요하게

알고는 있었지
맑고 고요하게 살아야 한다는 것을

12월의 시

그래요

외로웠어요
당신을 사랑했지만
당신의 모두를 사랑하지 못해

그래요

그리웠어요
당신을 그리워했지만
당신의 그리움을 모두 지우지 못해

그래요

사랑하겠어요
내 모든 외로움을
지우는 그날까지

그래요

사랑하겠어요
내 모든 그리움을
태우는 그날까지

그래요

당신
미안했어요

그래요

당신
고마웠어요

13월의 시

당신을 사랑 합니다
사랑 때문에 그리워지고
그 그리움마저 그리워 합니다

당신을 사랑합니다
사랑 때문에 외로워지고
그 외로움마저 외로워합니다

당신을 사랑 합니다
사랑 때문에 아파하고
그 아픔마저 아파 합니다

나는 이제
안개보다 깊게
두 눈을 감습니다

내 생에 꼭 해야 할 말이
이 한마디 뿐이었나 봅니다

13월의 시

황의성 시집

초판 1쇄 : 2018년 4월 30일

지 은 이 : 황의성

펴 낸 이 : 김락호

디자인 편집 : 이은희

기 획 : 시사랑음악사랑

인 쇄 : 청룡

연 락 처 : 1899-1341

홈페이지 주소 : www.poemmusic.net

E-Mail : poemarts@hanmail.net

정가 : 12,000원

ISBN : 979-11-6284-012-2